神奇的虎頭鞋

何巧嬋 著

黃裳 繪

新雅文化事業有限公司
www.sunya.com.hk

點點故鄉情系列
神奇的虎頭鞋

作者：何巧嬋

繪圖：黃裳

責任編輯：張斐然

美術設計：劉麗萍

出版：新雅文化事業有限公司

香港英皇道499號北角工業大廈18樓

電話：（852）2138 7998

傳真：（852）2597 4003

網址：http://www.sunya.com.hk

電郵：marketing@sunya.com.hk

發行：香港聯合書刊物流有限公司

香港荃灣德士古道220-248號荃灣工業中心16樓

電話：（852）2150 2100

傳真：（852）2407 3062

電郵：info@suplogistics.com.hk

印刷：中華商務彩色印刷有限公司

香港新界大埔汀麗路36號

版次：二〇二二年八月初版

ISBN: 978-962-08-8075-9

給**小讀者**的話

　　小女孩晴晴的小仙女玩偶竟然擁有神奇的
法力，小仙女喚醒了爺爺童年的一雙虎頭鞋，
虎頭鞋發揮神奇的力量，拯救病危的爺爺……
　　請你打開這本書，一起來為爺爺打氣！

這個下午，家裏靜悄悄。
奇怪！
爸爸媽媽哪裏去了？
小晴晴哪裏去了？
爺爺哪裏去了？

4

爺爺退休後，在家的時間最多。

昨天，爺爺還在給晴晴講故事。

晴晴問：「虎頭鞋真的有神奇的力量嗎？」

爺爺點點頭，微笑說：「是的，我也有一雙，就在這裏。」 爺爺指着儲物櫃。

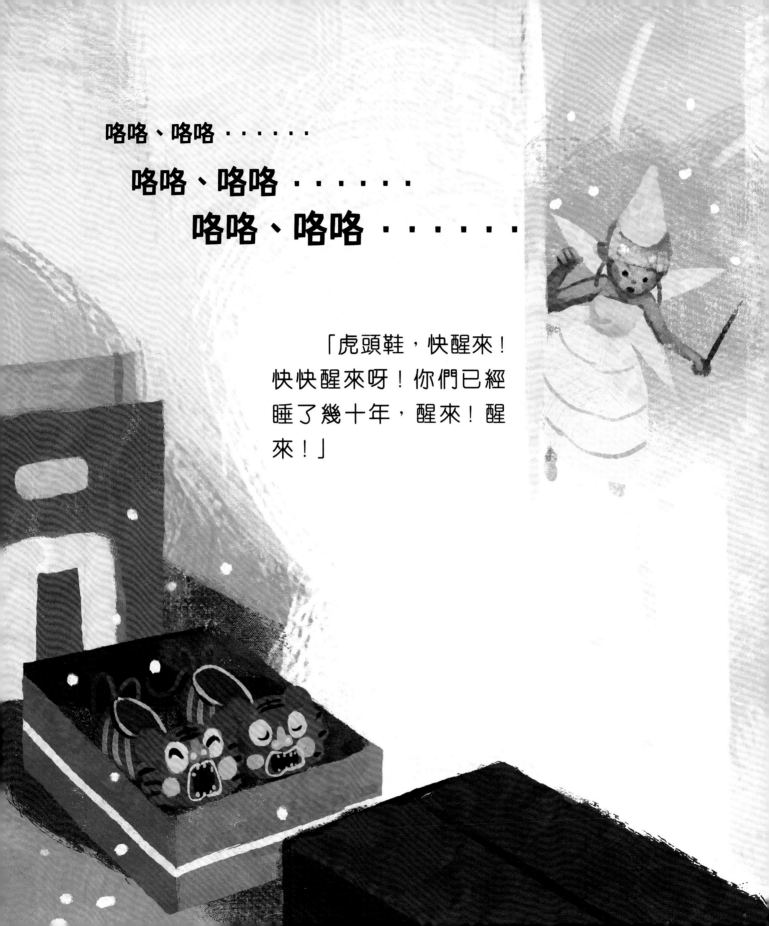

咯咯、咯咯‧‧‧‧‧‧
　　咯咯、咯咯‧‧‧‧‧‧
　　　　咯咯、咯咯‧‧‧‧‧‧

「虎頭鞋，快醒來！
快快醒來呀！你們已經
睡了幾十年，醒來！醒
來！」

原來七十年前，在爺爺剛出世的時候，媽媽給他送上一雙虎頭鞋。

媽媽說：「虎頭鞋，你要守護我的孩子呀。」

從此，無論去到哪裏讀書，爺爺都把虎頭鞋帶在身邊。

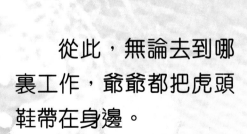

從此，無論去到哪裏工作，爺爺都把虎頭鞋帶在身邊。

9

呵！

呵！

聽到小仙女的呼喚，虎頭鞋搓揉着睡眼，伸了兩個大懶腰，打了兩個大呵欠：「呵！呵！」

「今天早上，爺爺跌倒了，他住進了醫院，情況很危急。」

「怪不得所有人都不在家。」
「怎麼辦好呢？怎麼辦好呢？」
虎頭鞋急得團團轉。

12

「虎頭鞋，虎頭鞋，以神奇的力量，
守護你的主人！」
「可是，誰可以將我們帶到爺爺的身
邊呢？」虎頭鞋煩惱起來。

「爺爺，你快快醒來吧！」

三月
10

14

「媽媽，爺爺會醒來嗎？」晴晴問。
媽媽流着淚不說話。
「爸爸，爺爺會醒來嗎？」晴晴問。
爸爸低頭說：「晴晴，我們明天再來探望爺爺！」

爺爺，你一定要醒來呀！

爺爺，你一定會醒來的！

晴晴想起了，爺爺最
珍貴的是⋯⋯

虎頭鞋，虎頭鞋，
找到了，找到了！
晴晴歡天喜地，把虎頭鞋親了又親！
虎頭鞋也在說話：「謝謝你，小晴晴，
請把我們帶到爺爺的身邊。」

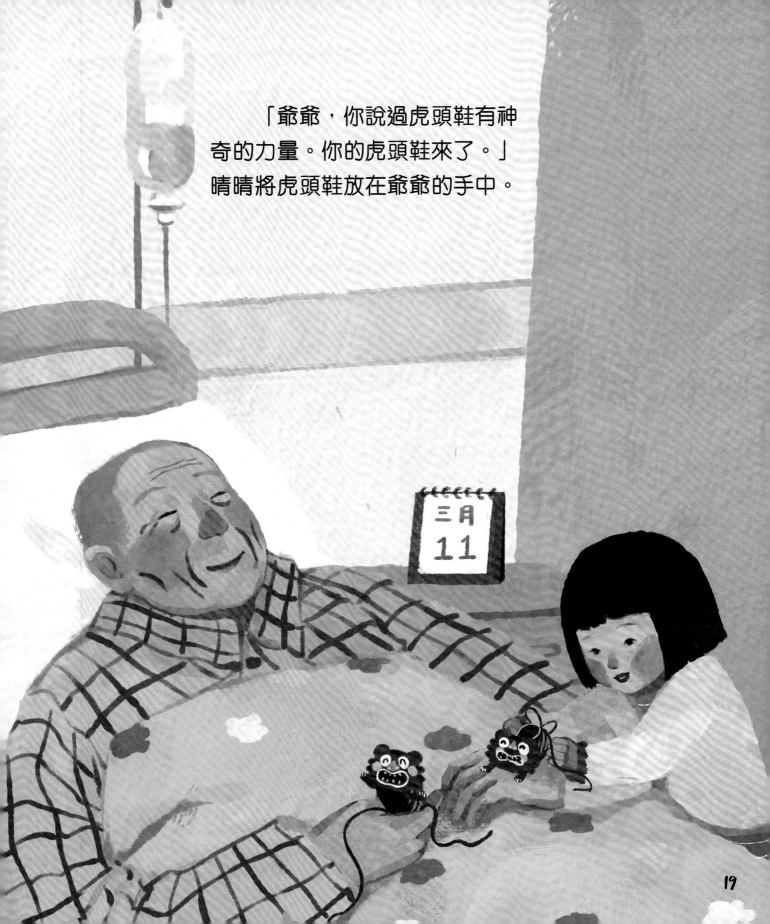

「爺爺，你說過虎頭鞋有神奇的力量。你的虎頭鞋來了。」晴晴將虎頭鞋放在爺爺的手中。

三月
11

19

晴晴對爺爺說：
「爺爺，快快醒來呀，和我們一起玩耍吧！」

爺爺還是睡得昏沉，怎樣把爺爺叫醒呢？
兩隻虎頭鞋要仔細商量。

夜幕低垂，虎頭鞋進入爺爺的夢鄉⋯⋯

「小時候的爺爺真可愛！」
兩隻虎頭鞋輕聲說。

春節到，真高興！

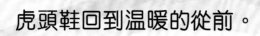

虎頭鞋回到溫暖的從前。

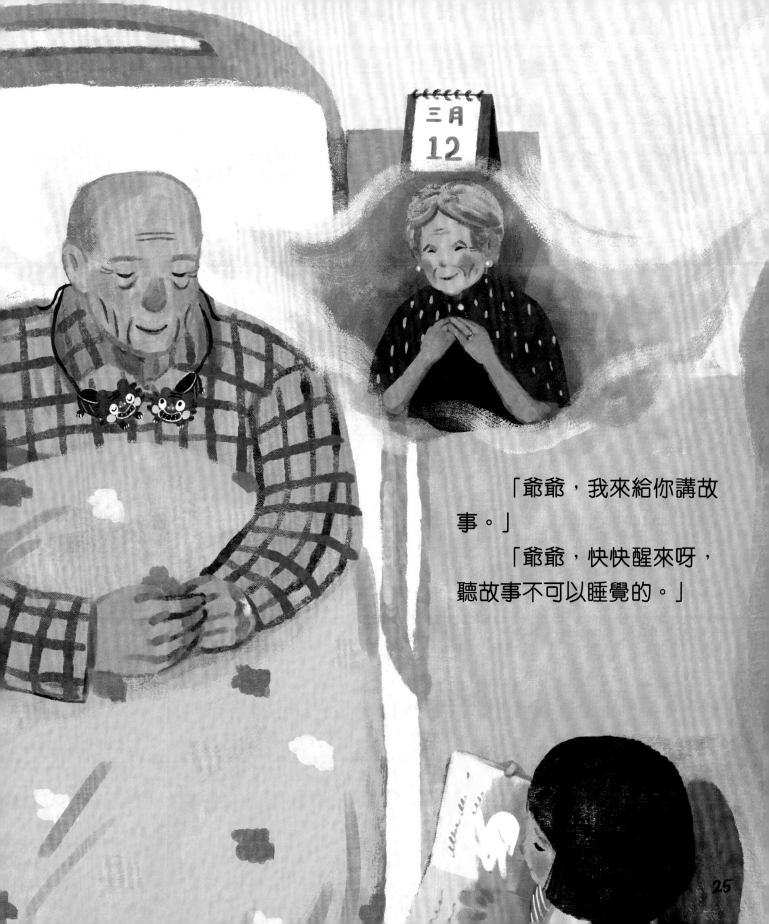

三月
12

「爺爺，我來給你講故
事。」
「爺爺，快快醒來呀，
聽故事不可以睡覺的。」

爺爺坐起來了，真棒！
「爺爺，你看，我的手指會跳舞！」

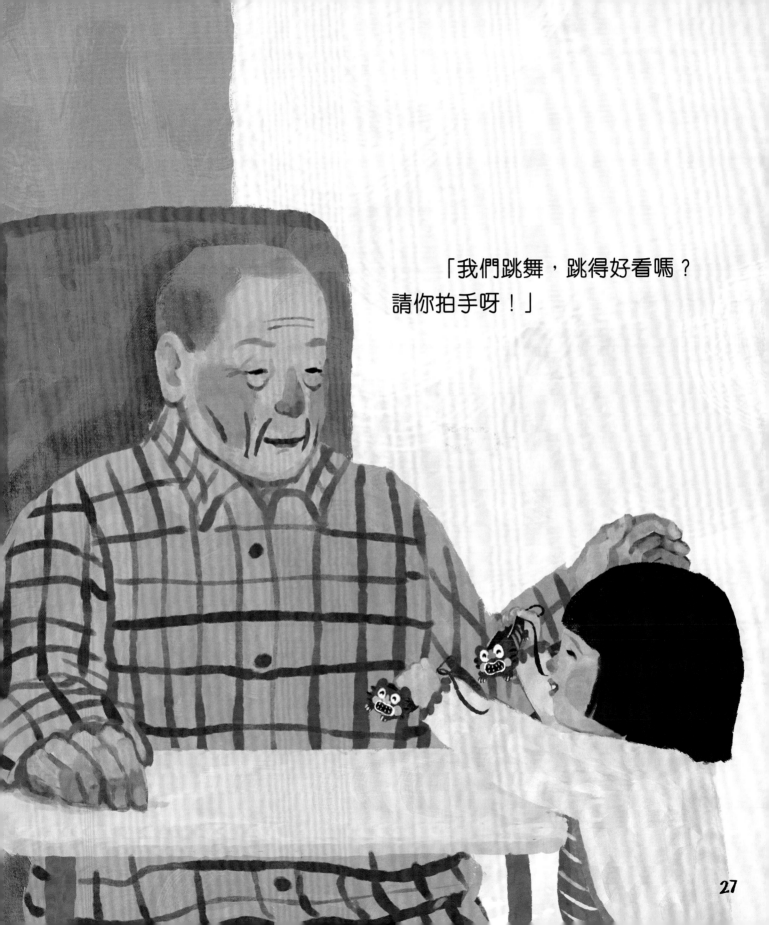

「我們跳舞，跳得好看嗎？
請你拍手呀！」

晴晴在打氣：

「一二、一二，爺爺、爺爺，開步行、行、行⋯⋯」

虎頭鞋在打氣：

「一二、一二，爺爺、爺爺，行得穩、穩、穩⋯⋯」

爺爺終於出院回家了！
大家不約而同地歡呼：「回家真好！」

謝謝你，虎頭鞋！

給伴讀者的話

　　這是一個穿梭於回憶與現在、真實與童話間的兒童故事。故鄉情濃，惟情在何處？情繫至親，虎頭鞋是一個圖騰，以動人的神話故事承託至親無盡的愛護，讓文化和親情世代承傳下去。

　　書後附帶延伸活動，讓孩子認識家人們所擁有的吉祥小物件。成人在進行伴讀的時候，也可以和孩子一起探索自己家鄉的民間故事，令閱讀變得更立體和豐富。

虎頭鞋的民間傳說

　　傳說中國黃河岸邊有一位姓石的年輕船夫，他每天為兩岸的人擺渡過河，勤奮努力又樂於助人。一天，有一位老奶奶冒着風雨要坐船過河，請人為即將臨盆的媳婦接生，風吹雨打令老奶奶頭痛欲裂，她左搖右擺走到河邊，險象橫生。船夫看見了，立即將老奶奶請到自己的茅屋裏休息，自己替老奶奶去請接生婆。雨過天晴，老奶奶的媳婦生了一個胖胖的娃娃。老奶奶為了報答船夫的幫助，送了一張畫給他，畫的是一位正在繡虎頭鞋的美麗姑娘。船夫將畫貼到自己茅屋的牆上，很是喜歡。原來，畫中的姑娘是天帝的女兒，天帝有感於船夫的善良，將女兒變成畫中仙，派她下凡與船夫結為夫妻。一年過後，他們還添了個兒子，取名石虎。畫中仙十分疼愛小石虎，給他縫製了一雙雙漂亮的虎頭鞋。

　　幾年後的一天，縣官來到渡口，見船夫的妻子貌美如花，起了邪念，要強搶她為妾。船夫的妻子為了逃避縣官，立即收起真身，飛回畫中去。縣官竟然不顧一切，把畫強搶回家，貼在自己的牀頭上。可是，無論縣官怎樣甜言蜜語，威迫利誘都不能把畫中的美人叫出來。

　　送畫的老奶奶知道了這事，囑咐小石虎穿上媽媽為他縫製的虎頭鞋，虎頭鞋隨即變成了勇猛的飛虎，飛到縣衙，將壞縣官咬死了。畫中仙見兒子來救自己，趕忙從畫裏出來，高高興興帶着小虎回家，從此他們再也不受滋擾，過着安穩快樂的生活。

　　時至今日，中國北方仍保留着為小孩子做三雙虎頭鞋的風俗。藍、紅、紫三種顏色的虎頭鞋各有美好的寓意：

頭雙藍 藍取同音攔，攔住災禍，避免夭折。

二雙紅 紅代表大吉，辟邪免災。

三雙紫 紫與子同音，寓意祝福孩子長大成人。

家族小記者：尋找吉祥小物件

在很多地區，長輩們會將寓意平安、吉祥的小物件送給孩子做禮物，期望這些小物件有神奇的力量，能守護孩子們健康成長。這些小物件的樣子五花八門，有的像故事中的虎頭鞋那樣，可穿戴在身上，有的則不同。

現在，請你化身為小記者，在家中做一輪採訪，問問家人以下幾個問題，看看其他人有沒有類似的經歷。

1. 你有收到過長輩送的寓意吉祥的物品嗎？

　　_____

2. 它是誰送的？

　　_____

3. 你會用它做什麼？

　　_____

4. 你知道和它有關的民間故事嗎？

　　_____

你還可以設定更多問題，然後把答案記錄在一個小本子內，並拍照或畫出吉祥小物件，為家人們把這些珍貴的回憶好好記錄下來啊！

作者簡介
何巧嬋

香港教育大學榮譽院士、澳洲麥格理大學教育碩士。

曾任校長，現職作家、學校總監及香港教育大學客席講師。

主要公職包括多間學校校董、香港康樂及文化事務署文學藝術專業顧問、香港兒童文藝協會前會長等。

何巧嬋熱愛文學創作，致力推廣兒童閱讀，對兒童成長和發展有深刻的認識和關注。

截至 2022 年為止已出版的作品約 180 多本，其中包括《香港兒童文學名家精選：養一個小颱風》、《成長大踏步》系列及《嘻哈鳥森林故事叢書》系列等。

繪者簡介
黃裳

香港自由職插畫師，先天失聰，自小受父母熏陶喜歡藝術，立志要成為畫家。2011 年畢業於廣州美術學院油畫系學士，2014 年畢業於廣州美術學院版畫系藝術碩士。目前所有作品都喜歡加入版畫紙質、鉛筆及粉筆等營造手繪感覺。至今曾為多間出版社負責繪本插畫；也為不少品牌設計海報及宣傳刊物，例如：Lululemon、Panasonic、The Forest、美心、無國界醫生等。